行走的时光

张 强 著

河南文艺出版社

· 郑州 ·

图书在版编目（CIP）数据

行走的时光/张强著. —郑州:河南文艺出版社,
2019.6（2020.10 重印）

ISBN 978-7-5559-0845-6

Ⅰ.①行…　　Ⅱ.①张…　　Ⅲ.①诗集-中国-当代
Ⅳ.①I227

中国版本图书馆 CIP 数据核字（2019）第 105282 号

出版发行　河南文艺出版社
本社地址　郑州市郑东新区祥盛街 27 号 C 座 5 楼
邮政编码　450018
承印单位　永清县晔盛亚胶印有限公司
经销单位　新华书店
纸张规格　889 毫米×1194 毫米　1/32
印　　张　6.5
字　　数　105 000
版　　次　2019 年 6 月第 1 版
印　　次　2020 年 10 月第 2 次印刷
定　　价　38.00 元

印厂地址　永清县工业园区大良村西部
邮政编码　065600　　电话　0316-6658662　6658663

诗意行走的物语

杨炳麟

　　说心底话，怕谈诗，胆怯。尤其针对性的评头论足，说长道短。写诗人评诗，难免拿一种高蹈的姿态俯察世相，往往脱离被述者的真实。工匠似的费尽心机圆满个人的诡辩，这很可怕。作为对诗有信的人，能力边际在哪儿自己清楚，批评不是我之所长。拿文字适于日常生态追求，写作除了维持快意、个性、初心，滋养岁月，怂恿独立和自由，还有内存的尊严。独自涂鸦，陶然其中，可以；当要求客观、冷静、慧性地论及他人，反而不知怎么出手。就像个洁癖患者陷入精神胁迫的窘境。说浅了，显无能；说深了，有私贿的嫌疑；说狠了，缺雅量。这种谵妄的心理自尊是强迫症的典型征候。所以，绝不敢以评者论者自居，更不敢"私活"众诗友言评写序。此为自知，是态度也是责任。这番表白也是对诗集《行走的时光》的歉意。诗人张强把稿子交到我手里时间太长了，谁知，他如此执着，等多久也要等这个序。抱歉了。

　　时光，是个知道转向的葵盘。它知道炽热的源头，会本能地朝着透明、澄澈的方向转动。每位写作者都有意识无意识地构建了自己的"生态"体系，固化自己的精神庙宇，以期展示或兑现自己对社会人生、婚姻家庭、世态物相，甚至哲学、宗教信仰的思考及判断，张强也不例外。

诗集《行走的时光》里，诗人把"低矮的屋脊"这一辑放在了开篇，似有意让读到的人翻动各自故土上的老物件，看到被翻动后那下边的干霉、潮湿，看到五味杂陈的岁月，看到墓碑上刻着的名字以及身后那扇虚掩的门。像《草》《谈资》《墓》《楝花》等一首首低语于平淡日常的诗画，牵动着眺远的剪影，似一缕闲适轻曼而被油盐熏染过的炊烟，绕过故乡的屋檐、翻过屋脊，将万千的灼痛、伤怀与无尽的思绪萦绕花木草叶之上。"维桑与梓，必恭敬止。"（《诗·小雅·小弁》）这种贴近土地的诗歌是有生命的，是本色之作。

每个诗人都有自己的边界，或独立不羁，或缥幻于尘俗，但生活的源头仍是工作、劳碌、读书、写作、过日子。诗与日常岁月的链接处是一个立体多维的体验空间。然而很多时候，在生命的站台上诗人总想借一缕阳光让暗夜和严寒褪去，让生命的枝叶从梦中醒来。

读诗如读人。《行走的时光》似一场轮回，人世行走的旅途上邂逅了所有的相约，时光与生命在他乡行走，现实与远梦相互环锁，像被逐一打开的尘封的画卷。品茗、述旧、礼佛、禅悟，坐看云起鸟惊，甚至学草木性状，向岁月致敬。还有，通过遐思构筑历史场景下的人事逻辑。老子、孔子、褒姒、蔡文姬、阮籍、苏轼，汴西湖、大相国寺，等等，诗人的意图是明确的：撩扰灵魂。忧患，思辨——这是诗集《行走的时光》第二辑的着力点，是不自觉地投射下来的光与影。诗人的操行应在责任分内，包括爱恨情仇、信仰和觉悟。在第三辑"生命站台"、第四辑"春风度"中，从始至终诗人在沿袭自己的诗性之恋、诗性之思，在"有我"的宇宙里发育自己的世界，在原始的自在之中孕育着灵性的唤醒与升腾。

　　诗歌写作者的个性和风格，首先是对语言的独有感觉。语言体系跟思维模式有关，而任何人的思维定式，都源于经历、经验，包括阅读、借鉴外协力量的获得。成熟的写作知道巧妙地化解语言障碍、在拙朴中讨巧，使之绕远或剪径，做最有用的工作。单就诗集《行走的时光》看，张强的诗歌语言整体上把控得简约有度，这就使得诗绪张扬相对节制。同时张强的感受力敏锐而细腻，他很容易与观照对象建立起诗意的情感关系，多数诗篇有"情往似赠，兴来如答"（刘勰《文心雕龙》）的自然特点；在诗意氛围营造上，诗人常常有古诗词的经典意象融入，如异乡、酒壶、火炉、思念、月光、故乡、梅树、暖香等，构筑一种清冷却不凛冽的意境，别有一番蕴藉的格调。

事实上，日常生活所投射出来的经验物语足以携带精细的情感指向；诗意行走的隐秘层面必须忍受想象力的消损。无论都市、乡野，皆离诗境渐行渐远；当诗人精神纲要背离、找不到归还灵魂于体面的可能性时，即便是租赁一个安抚的处所，也无法抵达被检验的落差。悲悯、苦痛，反抗、批判，始终处于光照的锐角。

稳健、理性的诗人不会煽动情绪。有想法的诗人不会无端消耗自己的才情。我坚信专业知识的重要性。张强是个有文化备份的人，通过书后列附的《听雨斋记》《康墙寺吃茶记》《垂钓记》三篇短文，可以对他进入另一层面的期许。从个人情趣上，我倾向于在诗背后能够看到更为宏大的主动介入，涉猎更为广泛的题解，由视域内窥诱发外部视野。当然，诗人的写作不可能出现断崖似的变数。多数是在一个自我训化的过程中完成某种相对的差异。我以为张强有能力加大动作，写出他的代表作品。

作者简介：杨炳麟，当代诗人。中国作家协会会员，中国诗歌学会理事，河南省作家协会理事，河南省诗歌创作研究会会长，河南诗词学会副会长，《河南诗人》主编。

2019年3月

目　录

第一辑　低矮的屋脊

第二辑　行走的时光

第三辑　生命站台

第四辑　春风度

附 听雨斋三记

第一辑　低矮的屋脊

低矮的屋脊上
不知什么时候
长出一株草

麻雀飞来了
在草的身旁
留下一串串喧闹
风吹短笛
成长的歌谣
搭乘日子的黄昏晨晓

每年深秋
秋风就把一粒粒种子打包
带走
在春天的阳光下
泥土苏醒
又会有无数的生命
来到

草

低矮的屋脊上
不知什么时候
长出一株草

麻雀飞来了
在草的身旁
留下一串串喧闹
风吹短笛
成长的歌谣
搭乘日子的黄昏晨晓

每年深秋
秋风就把一粒粒种子打包
带走
在春天的阳光下
泥土苏醒
又会有无数的生命
来到

路灯

小时候
门口的路灯
是奶奶的等待
我不到家
那灯就一直亮着

成家后
门口的路灯
是妻子的等待
我不进门
那灯就一直醒着

如今哪
我守在门口
在黑暗里睁大眼
为回家的孩子们
点亮一盏盏心灯

乡下的周末

周末，在乡下
让鸟鸣啄食我的梦
身体在光线里舒展
窗外，日已三竿

翻一本书，或孩子的连环画
将日子的脚步放慢

穿着睡衣、拖鞋出门
踩着鸟雀踩着的阳光
在村头撒一地闲话

周末，在乡下
过一种我们熟悉又陌生的生活
周末，在乡下
走向我们内心深处想到达的世界

庄稼

沃野是纸

犁铧是笔

形状各异的种子

饱蘸汗水在泥土上作画

春华秋实

金风追忆

用布满老茧的手

掬一捧丰收的喜悦

农人弯下腰身

把沉甸甸的希望

扛在肩上

距离（二首）

给女儿

太阳喷薄而出时
你却告诉我
你那里已是午夜
天下着雨

山隔着山
海隔着海
我用心丈量着每一寸土地
宝贝儿
我走在你的梦里
你却行在我的心里
指缝里流走了岁月

我们的心没有距离

距离

夕阳
垂柳
西湖
比肩而立
我脉脉地注视着你
你的眼光却投向远方

风筝

漂泊的人
用心丈量着生命历程
把蓝天白云踩在脚下
风在耳畔低语
乡音未改

伦敦风情
也挡不住脚步匆匆
我是一只遨游的纸鸢
离开了祖国的天空
就断了线

农民工

把希翼别在腰上
楼房在汗水的浇灌下成长
乡情浓缩成一张小小的车票
压在枕头下
背井离乡
思念挂在天边的弯月上
夜晚收发着信息
让眼睛眯成门前的弯潭
关切中贴满
一张张孩子的成长试卷
渐行渐近
工资拉近了家的距离
匍匐在城市的低处
一个个疲惫的身躯
撑起城市的脊梁

炊烟

疲惫的岁月里
荒草疯长
生活的狼毫蘸着五味
在年轮上写满沧桑
风掠过城市的脊背
在工地上空盘旋
将大把的思念
烙进裸露的胸膛
城市的霓虹灯彻夜不眠
徘徊在梦的边缘
一缕缕炊烟升腾
丝丝入怀
如同爱人的期盼

谈资

"二狗的婆娘
跟后院的三壮好上了"
顿时
风被鸟儿的争吵撕裂
恬静碎了一地
住在巷子里的人
茶余饭后便有了话题
秃顶的五伯
黄板牙的六婶
见面不再为一垄地争吵

太阳每天踱步走过
事情像烟雾一样
消散
墙头上的茅草
左右摇摆，聆听
这悠长老街
即将发生的谈资

带你去看海

夕阳醉了
连云朵也被涂上一层酒的酡红
父亲越来越喜欢倚着门口的树
眯着眼睛，眺望远方

岁月在他额头留下
深深的痕迹
白发里堆积着沧桑

日子拉长了我回家的距离
也掩起我陪他去看海的承诺

一年又一年
当孩子们放开我的手
独自高飞远翔
日子里便多了海的咸涩

父亲，我要带你去看海
走过村口那棵皂角树
穿过小城里的吆喝声
到海边
听海鸥唱歌
我们面朝着大海
面朝深蓝

寒夜

在异乡
把孤独装进酒壶
放在火炉上
把思念也倒在里面
慢慢熬煮

采撷一把月光
煮着故乡的影子
思绪挂在窗外的梅树上
闭上眼睛
竟有春的暖香

雪花的脚步

雪花在冬里漫步
把思念的种子撒向原野
爱便在泥土中
生根发芽

小鸟的爪印是最美的图画
在雪身上
勾勒出对春的期盼

追逐梅花的一缕幽香
把春唤醒
又悄然远逝

墙

用文字筑一堵墙
蔷薇攀上墙头
痴痴地望着凌霄花
微笑
蜂也许会来
和蝶共舞

黄鹂歌唱
东风已然酣醉
煮上一杯清茶
等你
氤氲蒸腾
茶一辈子的时光
轻轻浅浅

在文字修筑的院落里
和你对饮
看花朵衰老和蜂蝶消亡
翠竹摇曳
风儿玉指轻叩
敲击着文字的墙
吟哦爱的诗篇

白发

缘分走下蒲团
等你
日升月落间
春色凝成水滴
流进夏的河
秋的波，冬的雪
也融进里面
从梦中笑靥里流过
品读着如歌的岁月
斜阳草树
我们依然彼此相爱
挽手走进暮年
哪管身前刮风，身后落雪

母难日

来到世间的那声啼哭
是我作的第一首诗
母亲把那个时刻珍藏在记忆长河
岁月的清波
淘洗生活
鲜亮着母亲的祈盼

每年生日
我都会斟一杯酒
双手敬给母亲
并在心里默默祈祷
祝福这个给了我生命
把我带到尘世的人
母亲，您在幸福里将我孕育
我在您的苦难里诞生

虚掩着的门

夜幕
将村庄紧紧抱在怀里
院落里的老物件
在暖色调中低语
思念如一尾鱼
游弋在心里
乡村中
大多数的门虚掩着
年老的父母，年幼的孩子
每夜都会在梦的边缘
竖起耳朵倾听
踏入家门的脚步声

墓

——给祖母

石碑上刻着名字
这是给尘世留下的记号
从此便封闭了这扇门
每年黑蝴蝶飞起
会落在这一口倒扣的大锅上
活着的时候
你就围着它熬煮生活
走了以后
就在空旷的土锅里
安歇

墓

一方红盖头便是小小的坟墓
唢呐吹响
爱情便在里面长眠

牧歌

把快乐绾在发髻里
牛背上的黄昏
被谱成动听的曲子
炊烟驮着村庄
在叶子的掌声里清唱
夕阳，装饰了你的眼眸
你的心事
丰富了我的想象
如今
走过灯红酒绿的日子
静夜
总有牧歌在枕畔响起

梅

一

远山
小桥
白雪
骑一头蹇驴
从苍茫的远古而来
一曲
独怜梅花瘦
在萧萧西风里

二

用花蕊上的雪
围炉烹茶
茶叶舒展身体
绿茶的淡雅
白茶的柔和
红茶的醇厚
……
咂一口

就会陡增万丈豪情

三

月色撩人
暗香浮动
斑驳疏影里
谁在抚琴低吟
梅花朵朵
簇拥着七彩春天
浩浩荡荡而来

十月

一

太阳半醉半醒
目送
南归的大雁
十月
秋风写满聚散

二

西风乍起
吹落满树精灵
把夏天的煎熬
化成一场相思雨

三

十月
游走在心头
菊花里坐着硕大的秋天
祖国母亲的生日
就在中秋后面
于是
家的情怀里
又平添国的情怀

兰颂

我是一介书生

青衫落拓

眼睛里蓄满了忧郁

怅惘

捧一卷楚辞

心在竹简里跳动

看惯人间太多的战火离乱

多想隐居在幽谷里

松风为琴

鸟雀歌唱

攫取一杯白露为酒

在晨风里浅醉

让生命

幽香如昨

聆听梅花的呼吸

——小寒

在雪花落处
不经意回眸
梅花含笑
就在我的心里吐露芳菲

穿过了春
蹚过了夏
走过了秋
只为寻你
寻你,我蜷缩起身体
坐在一朵雪花里

聆听你的呼吸
偎依着你
风,敲打子夜的钟声

一滴泪,告别花蕊
从黄昏起步
不是因为寒冷
而是因为心动

兰花

——大寒

一袭长衫
遮掩不住青春的气息
恬静
收缩在一抹鹅黄里

晨曦里打坐
晚霞中浅唱
沐着风
浴着雪

蓦然一个回眸
迷失了自己
寻觅
将时光刻在步履匆匆里

而我
却在一缕幽香里等你

迎春花

——立春

酝酿一整个冬天的情感
只为与春风邂逅
惊艳了时光
画一幅绚丽的长卷

鸟鸣扣醒沉睡的
枝丫
你便提着金黄色的衣裙
从春的影子里
姗姗而来

杏花

——雨水

遥指杏花村的牧童已不见
千年的祈盼
都因你不经意的那次回眸

就为了等一场清明雨吗
思绪已淋得湿漉漉的
期待是一场梦

听着雨呼吸的声音
怦然心动
我的开放,只为看你一眼
你不来
我不会老去

桃花

——惊蛰

沉睡的大地
在春风的呼唤中醒来
每一夜的月光
把斑驳的身影种进泥土

风和月光窃窃私语
有时，也会停下脚步
去倾听一朵花的心事

期望渐渐变得丰腴
身体里蓄满等待
细雨纷纷
渴望一枚青果
跳出桃色

梨花

——春分

轻浅了岁月
雨把梦拉得更长
倦闭柴门
歇了时光

收紧身骨
一天思绪
在一片蕊里深藏

麦花

——清明

抽出冬天的一些筋骨
在雨雪里孕育农人的祈盼
当风抬着喜庆的花轿前来迎娶
唢呐声里
你脱下一地碎金
把希冀披在肩上

掬一捧泥土的清香
细细地
咀嚼丰收的喜悦
麦花，这一切
都源于你一瞬间的绽放

楝花

——谷雨

将一生的优雅都裹在一朵浅紫里
吐露芬芳
只为春风的一次探望

一缕醉人的清香
羁绊不了行走的脚步
挽留，是此刻最大的感伤

春的身影，渐行渐远
楝花，簌簌落下
种一地相思

蔷薇

——立夏

在幽静处
寻一段闲淡的时光
相思，就禅坐在
你倚门而望的眸子里

年年芬芳
重温同一场旧梦

初夏的风
轻柔地走过每个夜晚
带走眉梢间的忧郁
却留下思念

枣花

——小满

春天收起一丝温柔
初夏便迫不及待绽放热情
粘满衣襟的每一粒嫩黄
都是你簌簌落下的思念
梦在去年秋天走失
在温暖的天气里回来
整整一个夏天
用真情
喂饱每一个叶片

石榴

——芒种

行走在季节里
不凭借东风
咀嚼一缕阳光
孕育如火如荼的梦

提起火红的裙子
轻轻踮起脚
远眺秋天的身影
思念就藏在心里
化成颗颗玛瑙
风也在行走中开始饱满

蜀葵花

——夏至

激情燃烧的岁月
祈盼就在心头疯长
开花的时候
绚丽多彩的背面
叶片盘腿独坐

岁月依然年轻
慢慢老去的人只想
酣睡在一场青春的梦里
不愿醒来

荷花

——小暑

六月
在一朵花里绽放
蜻蜓点水，藏在蕊中的心
读不懂一世流年

一花一叶
世界与菩提暗合
用泪水喂养金鱼的女子
沐浴淡淡清香

燕子穿梭在微雨里
编织着谁的思念
万条丝雨
垂钓整个夏天

凌霄花

——大暑

柔弱的枝条
紧紧抓住砖与砖的缝隙
努力在高处托举着身体
和白云挽手听风

一辈子的攀爬
不为蓝天的垂青
只想在最高处
绽放

紫金莲

——立秋

风带不走尘世烟火的味道
它们走过的刹那
岁月也从指缝溜走
喧闹的街市
临摹不出慈悲的模样

季节转身
挥动衣袖
一丝清爽让你忘记一个季节
又爱上另一个季节

木槿花

——处暑

还来不及从头到脚打理妆容
就在夕阳残照里凋零
匆匆地，结束一场旅行

天空之城的灯
不舍昼夜地翻看人间闲愁
所有的祈求
都烙印在菩提嘴角的微笑里
无论放下或是拿起
双手都会空空如也

红掌

——白露

一滴泪
从季节的夹缝里滴落
打湿了
尘世的喧哗

相思灌注了整个秋天
染红高处的绿

美人蕉

——秋分

西子捧心
美人的痛楚欲滴
眉蹙如弯月
故事就在这枚弯月里升起
几千年
照耀着华夏这片土地

每一滴血泪
洒落地上
都会化作深秋的
一段伤痛

桂花

——寒露

你将思念揉进
十里香风

我把心事写满
渴望的眼睛

脚步总被轻轻羁绊
花香缠绕玉指
剪裁出别样的空间
抚摸忧伤的心怀

芦花

——立冬

一颗心辗转在时光里
诗经里流淌着水
流淌着雪
来不及修饰的容颜
如同没有填好的词

北风的脚步
击落一捧清泪
相思河畔
写成了一幅水墨画

为了一场与冬的约会
竟一夜
白了头

枇杷花

——小雪

日子瘦了
草木也显得单薄
北风
翻山越岭
驮着雪花而来

大雁捎不走的心事
留给天空咀嚼
花蕊里一颗颗心
温润，含蓄
像一盏盏小灯笼

仙客来

——大雪

一曲琵琶
舞在浩瀚的广寒
轻舒水袖，用雪花
擦亮星星的眼睛
也许，我就是那吹笛子的少年

被贬下凡尘
将相思镌刻在三生石上
点点泪痕
祈求再结一段缘

你轻轻提起红裙
从瑶台飘然落下
寒冷里悄然绽放
水只管入睡
雪兀自飞旋
爱的世界里没有寒冷
永远都是春天

水仙

——冬至

忧郁的目光里
写满孤傲
白色的衣衫
拒绝一粒俗世纽扣

雪拥高山
你独守一汪静水想心事
古琴流出高山流水
面对注视你的目光
无须一个字的表白

此时百花已酣睡
只有水仙在案头
以一缕香
反复捆扎着阳光和月色

红梅花儿开

题记：不经意间，学校里的红梅花儿
开了，宛如一个个风姿绰约的少女。

薄薄罗衣
遮不住你的姿采
三生石上的约定
让东风无悔等待

寒冷走过发髻
目光依偎着你
聆听你的心跳

暗香浮动
一滴泪
滴落衣襟

生命融进聚散的河里
当红颜凋零了岁月
思念就会融进泥土
和祈盼一起发酵

第二辑　行走的时光

一双翅膀

剪开了离人的梦

桃腮柳腰

不过是春水里的几丝涟漪

眸子泪光闪闪

相思

在一杯龙井中

氤氲升腾

夏荷微雨

淋湿的不过几寸柔肠

那寸寸柔肠

在思念里百结成愁

红蜻蜓飞过

没有些许的留恋

鱼戏莲叶间

红的　青的　黑的　花的

都是我的泪水喂养

行走的时光（组诗）

春燕

一双翅膀
剪开了离人的梦
桃腮柳腰
不过是春水里的几丝涟漪
眸子泪光闪闪
相思
在一杯龙井中
氤氲升腾

夏荷

夏荷微雨
淋湿的不过几寸柔肠
那柔肠
在思念里百结成愁
红蜻蜓飞过
没有些许的留恋
鱼戏莲叶间
红的，青的，黑的，花的

都由我的泪水喂养

秋色

我想抽出秋天的一根骨头
敲打挂满柿树枝头的小灯笼
斜阳荒草
雁唳惊魂
那满树的叶子
写满了相思

冬雪

一片　两片　三四片
我在听雪落下来的声音
银装素裹
遮盖了这纷乱的世界
也遮住了一片心事
却被小鸟的爪子印上一行梅花
岁月在时光里行走
掀过二〇一六的最后一页日历
年，就站在了家门口

给石头打麻药

——读诗

光阴的利刃
劈不开混沌的脑壳
谁的思想
供奉在高台之上
巫师吟唱亘古难解的经文

灯芯用舌舔着黑夜的眼睛
甲骨上的字符飘浮在烟雾里
文字比骨头活得更久

涅槃
既然无力改变
那就给石头也打上麻药
用这些象形文字填充干瘪的躯体
唐的辉煌
宋的婉约
元的哀叹
…………
一起溺死在心灵鸡汤里
玄虚，故作玄虚
有多少经典
被无知的目光赶进一条条死胡同里

汉宫秋月

岁月从指尖滴落到琵琶的丝弦
弹奏四季的风
回荡在汉朝的巍峨宫殿

琵琶声声
如梨花雨般飘落
携着香魂融进月色

宫　商　角　徵　羽
弹不尽心中幽怨
鸿雁背负汉宫秋月
穿过历史的天空
让后人传唱了几千年

大漠沙如雪，风如雷
骆驼的响鼻
胡马的嘶鸣
在暗夜
击落几多美人的眼泪
无限乡思
全部付诸玉指

枉杀了毛延寿

穿烂了汉宫衣

空惹得

后人无尽遐想

夜风吹来

一曲《汉宫秋月》

从宫墙的砖缝里奏响

坐看云起时

柳丝挽起斜阳
一波碧水是岁月泛起的涟漪
一生中
能留住几多残梦
坐看云起时
听风走过发髻

三月的桃李织成一匹锦缎
梦氤氲在芬芳馥郁里
才把相思涂满春天
又被燕尾剪成碎片
消失在风里

薄薄罗衫
是谁
在杏树下轻弹琵琶
叮咚声里
拂不尽的
杏花成雨

一壶老白干
四季就浸泡在酒里
被岁月泡着
却不知天地玄黄

草木心

枝干擎起鲜妍的花朵
东风扫落脱去绿衣的叶脉
枝高数尺
花叶两两相望
眸子里涌动着相思
情感的劫难
撞击着草木心
不知道今生
我的孤独会敲疼谁的心扉
谁为我守候在窗前
细数红烛的泪滴
天就快亮了
其实，月光不该再向天空买醉
而应该圈下大片空白
种草木

种情

埋下一粒思念
在忘川河上
苦苦等待
孟婆熬制的鲜汤
在十里春风中舞蹈
三界之外，五行之中
愿有情的人
每一次轮回
都能记起对方的容颜

茶诗三首

煮茗（金骏眉）

紫砂烹煮日子
也熬着悠悠岁月
树的灵魂在一枚枚叶子里打坐
梦从水里升起
轻雾中转动醉人的舞姿
那芳香氤氲开去
免了多少俗子之心
揽一弯月，在小楼
开一扇窗，在花间
把梦独啜
蓦然回首
生命的过程就如同茶叶舒展的瞬间
谁又能丈量出它与水的高度和距离

东方美人

一杯东方美人
浮沉着谁的梦
淡淡罗衫
在茶雾里升腾
织成了一道风景

玉手轻抹
弹奏出一腔心事
风声竹韵
在凝视里湿润了我的眼睛

一钱清风吹不动二两愁绪

蓦然回首
多少人匆匆而过
有谁依然站在原地
捧着最初的热忱
等我

铁观音

啜一口清香
我是不是吻上了你的唇

一枚火焰在水里燃烧
沸腾了你的聪慧、温柔和谦卑

菩萨低眉
慈悲
在一杯青涩里
绽放

凝视你眸子里的一抹碧绿
我的心一如这泉水般透明、清澄

重阳

菊花
在冈峦的最高处绽放
擎一壶酒
我坐在你的怀抱里
祭奠时光

今又重阳
插着茱萸登高的人
变成了唐诗里一句呓语
徒留一个名字供今人吟唱
思念酿的酒
灌醉了自己

不必用理由
诠释生活的失意
品尝过五味
舌头就已麻木

你的眸子里种下秋
秋的眸子里溢出
薄凉
一场秋雨

又一场秋雨
掳掠季节的热情和温暖
寒意，从脚趾向上爬行
身旁千菊簇拥，花瓣如衣
披在我心
安慰我逐渐单薄的年纪

彷徨

题记：今晨雾海茫茫，似乎处于混沌初开的世界。心情又茫然，信手涂鸦以记之。

这树，这路，这原野
穿上了浓雾

烟圈吻着红唇
老酒灌醉双眼

岁月把太阳圈养起来
而我在时间的霾中整理思想
想禅坐在寺院的钟声里
用舌头磨砺的箭射向四方
也许洞穿的只是一厘米的天空

冬

雪来得迟些
感觉今冬就有大把温暖
风的鳞片
摩擦着冬的犄角
沙沙作响
伫立窗前
聆听鸟儿的问候

此时
菊花已老
老去的还有昨夜的残梦
梅树无语
枝条里萌动着一抹春色

麦田盈目
一如你的裙衣
在风中飘逸

梦里依然是你
却不知又有谁闯进了你的梦

爱我，你后悔了吗

思念的种子
总是在月色里
加快萌芽速度

行走在时光里
梅兰竹菊的姿采
挽留不住匆匆脚步
羁绊一颗心的
总是你哀怨的眸子

我的臂膀扛着偌大尘世
很多时候忘记了爱自己
也忘记了爱你
每夜
当月光收起散落的思绪
思念的歌声
就在月亮的背后悄然响起

致敬生命

想将白云叠起来
让雾霾只在雾霾里徘徊

不再翻遍记忆
寻找青山绿水的所在

失语的世界
我愿听不到一声叹息

用海水洗过天空
夜色便如海一样湛蓝
星光闪烁
生活也会钻石般绚丽

春雷
滚过九百六十万平方公里土地
所有的生命
都应该举起双手互相致敬

轮回

明月有几时
窗外，萧瑟的冷风与战栗的竹影
对视
鸟鸣掠过白云的耳畔
掠过闲暇的人
思维便瘦了一圈

灯如豆
光束放大的影子
落在溢满相思的杯盏
案头的书
依然有无数的传说没有结果
众神无语
漠视着星月
唯有风在摇响时光

大多时候，我也是喜欢安静的人
擎一壶茶，让自己融入夜色
幻化成一块坚硬的铁
任时光与目光打磨

所以，请原谅我愈发单薄

砚台已经结冰
毛笔写不出暖意
屈原还在问天吗？还有端着酒杯的青莲居士，倚
　　杖听江声的东坡……
雪地上依然留有一行爪印，只不见了飞鸿
都说我们生活在三维里
我想探索三维与五维的通道
拥有无数次轮回
每一次轮回都
光鲜，赤裸
不再依赖一米遮羞布
阳光在黑暗里盛开

阮籍

时无英雄
路有尽头
风如刀，沙如雪
欢喜或悲恸　清醒或迷醉
都不过是从心里洒落的水滴
斗篷也只能遮住肉身
遮不住书生的思想

那就把老庄，把道，把苍生，连同自己
都装进酒瓮

半生举着酒杯
一生拨弄琴弦
长啸如虹
卧竹色岚影之中

雪的鳞片摧残着野外的枯草
思绪已冷
绿蚁新醅酒化不开结冰的砚台

身影越发消瘦
消瘦得竟撑不起一袭长衫

兀自登上高台
就让剑长眠于剑鞘中吧
不如打开发髻，脱下长衫

醉乡广阔，人间小
醉眼蒙眬
看不见曹家的使者
也看不见司马家的车驾

酒入愁肠
一醉便是数月
再醉就是一生
醉眼迷离
用青眼，用白眼冷冷地注视着这个世界
长歌当哭
你的号啕可是为了尘世的下葬

一头小毛驴
走走停停在洛阳到东平的路上
世俗的枷锁羁绊不了你的脚步
那就醉倒在当炉红袖的裙边吧
或者痛哭在邻家少女的坟前

不是世俗容不下你
是你容不下世俗

在东湖边洗洗长袍洗洗脚
在啸台上醉卧
一壶酒，一曲琴，一天云

不想看你哭

总有思念的手
在子夜，把梦摇醒
关于你的点点滴滴
像梨花般飘落如雨

时光啃噬旧梦
你是否
仍伫立在三月
等待着每段缘分的洗礼

不想看你哭
只想浅笑着
吻你腮边的泪水
轻轻对你说：
再哭就不漂亮了

其实
我心里已经
泪落如雨

礼佛

失意时才更愿意亲近你
匍匐在你脚下
让自己卑微地贴近泥土
祈财，求运，求平安

菩萨低眉
看风看雨都是慈悲

世人皆抱佛脚
佛脚却依然干净

不染一粒尘埃

禅坐

端坐蒲团上
让思绪在白云里散步
菩提本无树
婆娑枝条垂下万颗
内心的果实

清澈的眸子
静静地注视着一花一草
只有抛掉所有贪欲和浮躁
才能看花还是花看草还是草

蒲团离地半尺
不低也不高

像草木一样活着

上班，回家，回家，上班
这是我的生活
闲暇时就让自己走近一壶茶
红茶醇和，绿茶青涩，青茶甘滑……
我用唇给每片茶叶号脉

古筝就在左侧
我的手指很久没有让它发声
它好像成了摆设

我不想读现代诗
要读就读笑林，读野史，甚至去读孩子们的画册
给心喂上一些人间烟火

寒冷冰封了满腹心事
霜花在窗棂上画鸟，画虫，画草木
清晨
我不敢大声喊叫
怕喊来雾霾
怕惊醒草木

站在草木中间
我其实也是一棵草，一棵树
卑微地活着
为了期盼的眼神
在风雨里时而弯下腰
时而挺直腰杆

问风

酒杯相碰
溢出喧哗与孤独
高度数的酒
适合擦洗低落的情绪
适合安慰多愁的心灵
黄河不会冰封
衰草还会再青

漂泊的风儿
请你告诉我
是不是每一份缘都会淌出忧伤
有没有一份爱地老天荒

种春天

——写给鹏达学校的孩子们

东风的裙角抚过面颊
快乐便在心里住下
金色的童年
剥开一层层泥土
一起把希望播种

种一片迎春花迎接春天
种一棵蝴蝶兰幸福美满
种一株杜鹃花热情鲜艳

一粒粒种子
就是一个个心愿
挥洒汗水
在孩子们的心里
种下一个明媚的春天

与苏轼相约

时光慢
山河消瘦，人生苦短
举杯不邀明月
只将快意与失落一起饮下

不知癫狂是因为酒
还是酒鼓动了癫狂
蹁跹若仙
寒冷的不是高处
是先生走出了尘世的自己

书生无用
癫狂掩不住一肚皮的不合时宜
醉卧在东坡
醒复醉，醉复醒
一腔豪气
化作诗，化作赋，化作一生的放荡不羁
在赤壁，在西子湖，在江畔
你撒下万里诗行

一贬再贬

一生东奔西走
却步履维艰
唯有活在诗与酒的世界
你才会感到洒脱

参禅岂在俗世
江海难托余生
西湖修堤，雕弓密州
放不下的依然是治下的百姓，遥远的朝堂

用酒祭奠江月的你
是不是也在祭奠自己
或许，你就是一轮明月
清辉照亮了宋，照亮了明，照亮了清
剩余的一缕洒落在我的身上

时光漫步
风在松林里奔忙
明月夜，短松冈
我擎一壶酒
为先生招魂
期望，与你共醉一场

雪中情（组诗）

雪

雪是离人凝结的泪
一朵朵
在天空的眼睛里盛开
北风吹时，雪花更瘦
所有的相思
都在一壶酒里
等候清晨第一缕阳光

路

不见飞鸟
孤独的人在画画
脚印里长满了风雨
多想和你在雪中漫步
什么也不想
什么也不说
悄悄地把手揣进你的衣兜
微笑着
偶尔看看你
偶尔看看天

梅

一缕香
从琴弦上飘出
又失眠了
深夜里
多想给你发个信息
告诉你我的心情
拿起手机却又放下
多么安静
院落里梅花披着月光
盘腿而坐
喃喃细语

忆

冬，睡在雪里
我，眠在旧梦里

梅花暗香里
匆匆地挥手别去

从此
在飘雪的日子里，你
夜夜归来

卧佛寺 （组诗）

卧佛

生活长满荒草
头脑堆积杂念

一炷香里装不下拜佛者的虔诚
佛，浅笑不语

高卧者不一定迷茫
行走者不一定清醒

回心石

人有来者
心可回头

寺院的钟声喂养了一块古老的青石
却拯救不了人世间的沉沦

你的脚踏出这道门槛

依然是以前的你

听经的树

早晚的经声喂饱了墙角的蜡梅
寺院里的飞鸟却举着饥饿

门槛不读经书
也不挽留赶路的人
慈悲装在心里
烦恼就会走掉

礼佛

梵音唤不醒世人
香炉里有希望升腾
蒲团承受着肉体的重量
空气里充满了祈求
都说放下
却总挡不住越来越多的欲望
佛只是沉默
离开比进来时肩头更加沉重

放生池

一泓碧水
縠纹里满是思念
菩萨低眉
低眉处一片慈悲

频频回头的金鳞
或许就是前世的我
前世你为人，我是鱼
也曾被你悄悄放进水里

相国寺 (组诗)

千手观音

在你那肃穆庄严的眸子里
我看到了众生的影子

一生修行的人
在闹市
在深山
在水边

修成佛的人
有一束光
会让菩萨也朝拜

三世佛

前生我是谁
后世谁是我

匍匐在你的脚下
竟找不出一个答案

或许我就是你
你就是我

忘了前世
又为谁把今生续写

相国寺钟声

没有比这更能震撼我的心灵了
每次来就为了聆听你的声音

我不求长生
只求这一瞬间的清静
我在尘世握过很多双小手
每一次
都把自己丢失
只有抱紧相国寺的钟声
才不至于让我的心忧虑

香客

进殿就拜
用青烟熏烤虔诚
肩头摞着尘世

功德箱装满钱币
却喂不饱佛家弟子的口袋

叩拜随一炷香
走进一场空洞

梦中汴西湖

只想把汴西湖摁进梦里
趁月亮散步的时候
借一把清辉
装饰你梳洗的妆台

把真挚斟满杯
让慈爱满溢脸上
所有未关的窗
都是在等待归人
莲叶田田
微风吹过垂柳的秀发
水草里蛙声迭起
西湖是眉眼流盼的一泓清水

三生石，一遍遍刻上你的芳名
芙蓉盛开的脸上
今夜，汴西湖
你迈着莲花步
一身素雅
走近你的那颗心

梦回宋朝

美人已老，潘杨二湖
不过是你颈上晃动的吊坠
半阕宋词，东京梦华
黄水浸透那一夜的烛光斧影

瘦金体的铁划银钩
生漆点睛的鹰，有谁还在品头论足
黄沙掩埋了李师师的玉骨香魂
也掩埋了宋徽宗的无限江山

穿过历史隧道
风流天子
我站在你的面前
静静地平视
听你吟出"忍听羌笛，吹彻梅花"
竟然有一江春水向东流的悲怆

褒姒

冷艳。眉间是千年不化的冰
有谁能走入你的内心深处
骊山烽火
纷乱的盔甲铿锵作响
泯灭于你的倾城一笑间

从此，灭国的骂名
在肩头，背负千年

今天，我穿越时空
来到你的面前
以吻舒展你紧蹙的眉尖

骊山的草木疯长
坟冢上郁郁葱葱

汴西湖之约

是怎样的情怀
让我携一路风尘走来
汴西湖轻揉醉眼
端坐在季节的长卷里
举起斟满月光的酒杯
与天地对酌
唤来草木佐酒
而恬静的沙滩取道四面光束
把水的微澜种进旅人的梦里

夜晚，霓虹叩醒蛙鸣
附和脉脉含情的清辉
月亮借用湖水的妆台
梳洗
眼眸便在一泓碧波里
愈发流光溢彩

汴西湖
今夜我来，赴约
誓言已走过了多少轮回
我轻摇折扇，一袭蓝袍
向你的魂骨和肉身走去

孔子

一辆破牛车
颠簸在列国的古道上
烽烟四起
礼崩乐坏
解不开心头万千结
只把满腔忧虑
撒向广袤的土地

多少恓惶无奈
又伴随几多孤寂
长袍裹不住的时宜
羁绊前行的步履

逝者如斯夫
你把岁月装进袖口
陈蔡困厄的琴音
卫南子的一声娇笑
至今还定格在历史的河床上
只是，你还没有揣摩出河水的走向

那些禁闭的宫门

撞破头颅
墨染的夜，有你无声的哭泣
你的眼泪，一半化作了《论语》
一半化作杏坛上的智慧
穿越几千年的洪荒
那矗立云端的思想
如一记响亮的耳光
重重地落在后人的脸上
如今
你被塑在泥胎里
闪光的灵魂
供子孙后代景仰

尘封的那个人

大漠风沙平添了满脸皱纹

你用青春筑就共和国的脊梁

身已许国

难再许卿

罗布泊耀眼的光芒

是你深沉的爱

拂去岁月的灰尘

国徽上的五角星和麦穗

是你闪光的灵魂

时光或许把你的名字尘封土掩

却无法封住那些岁月

和很多人深深的记忆

老子

东方紫气升腾
青牛驮你走进历史迷雾
西去西去胡不归
在函谷关
你辟谷了两千五百年
洋洋五千言
清净无为，让后人咀嚼

你将潇洒活成了一种无奈
出世与入世
你挣脱不掉桎梏身心的枷锁
周朝在列国的夹缝里，苟延残喘
逃避不需要理由
思想者总是在痛苦中打坐
透过时空品读
薄薄的册页那头
你我也不过一滴墨的距离

站在雾中

将历史的风雨磨成粉尘
酿成浓厚的雾霾
肆意挥洒
遮挡住后人的眼睛

嬴政在雾里
被残暴腌制了几千年
孟德在狡诈的旋涡里苦苦挣扎
杨广荒淫，雍正卑鄙

雾霾遮挡了历史
如今站在野史里
我多想拨开历史的迷雾
还他们本来的面目
让他们的哭和笑
在阳光下
像泥土一样真实

历史的书页

繁衍生息

历史匍匐在日月中

杀戮与血腥

诗意与文明

相互交错

尸骨叠枕

氤氲蒸腾

斑斑点点

风干在岁月深处

化成薄薄的蔡伦纸

厚重的历史

几行陈迹便一带而过

刚合上书本

风

又吹乱了书页

蔡文姬

胡马悲秋风
大漠狼烟泯灭在浩瀚枯草之中
号角声惊醒了故园残梦
战乱的鼙鼓敲碎悲欢离合
兵荒马乱的岁月
思乡是一种奢侈的东西

白云蔽日
看不见长安的城墙
命运如一叶小舟
在路途飘摇

山河破碎
一朵花在寒风里瑟瑟发抖
苦难压弯柔弱的双肩

家万里
悲戚铺满路途
远眺是日子里唯一的功课
在胡笳声里发酵

塞外
朔风如刀

切割着躯体
也肢解着逐渐枯萎的心
梦里，也只有在梦里
才有亲人的温暖

兵戈声中
你用文字铸剑
砍向狞笑的嘴脸和罪恶的人间

归汉的那一刻
悲喜装满酒杯
十八拍，字字血泪
去留都断肠

是你吗
断鸿荒草斜阳
瘦弱的身影
蕴含着女性的坚韧
才华如阳光照亮那个时代
也照耀着华夏几千年的岁月

你从悲愤里走来
用泪水研磨墨汁
让故事在纸上奔跑
供后人咏唱
和感慨

我打江南走过

乌篷船哼着小曲

在我的梦里颠簸

梅雨季节

淋湿了悠长的小巷

一把油纸伞

遮住了三秋桂子与十里荷香

青丝绾起思绪

透露出万种风情

我打江南走过

青石路叮当

我背起整个江南

奔向北国

守一座空城

一

等时间的脚步慢下来
就去筑一座城
把月亮挂在檐角
风铃摇动阳光
一朵花守一个梦
年轮钓起思绪
鸟鸣是动听的歌
行走在自己的心上
来一场独自修行

二

守一座空城
我就是孔明先生
端坐在城头上
用琴声诠释着一场无奈
痛失街亭，挥泪斩马谡
一场失败
被你用一种胜利掩盖
后人传唱了近两千年

行走在冬的世界里

雪是冬天的思想
用清凉来化解世间的嘈杂
行走在冬的世界
感受变薄的日子

沉浸寒风里的竹影依旧婆娑
薄冰使池塘的口缄默
转而又被鹅的红掌划开
细碎的语言如同花蕾藏在枝干的每条血脉
等东风的一声轻唤

收集冬雪烹茶
雾气氤氲
一杯普洱
诉说着心事
凛冽里谁将春天寻觅
用一壶茶的温度
去烹煮严寒

第三辑 生命站台

想借一缕阳光　给你
在暗夜为你点亮前进的步履
让夜枭不再狞笑
凄雨不再淋湿无助的灵魂

想借一缕阳光　给你
寒冬里温暖你颤抖的心脏
让冬天不再严寒
雪花脂粉般涂抹你的脸颊

我就是晶莹的露珠
悄悄落在你生命的枝叶
借一缕阳光点燃自己
当你从梦中醒来
可知道
我已流入你的血脉

借一缕阳光

想借一缕阳光，给你
在暗夜为你照亮前进的道路
让夜枭不再狞笑
凄雨不再淋湿无助的灵魂

想借一缕阳光，给你
寒冬里温暖你颤抖的心脏
让冬天不再严寒
雪花脂粉般涂抹你的脸颊

我就是晶莹的露珠
悄悄落在你生命的枝叶
借一缕阳光点燃自己
当你从梦中醒来
可知道
我已流入你的血脉

那一夜

月亮是一把镰刀
切割我对故园的眷恋

寒蛩声声
门前秋色渐浓
屋后菊梗无数
在星光里相顾无言
竹篮里猪草层层叠叠
压弯妹妹的双肩
多想拿出口琴
给她吹一曲《故乡的云》
却没有勇气
只觉得那一夜的风
真柔
如同一双温柔的手
蒙住我憧憬远方的双眼

枕着我的思念入眠

风的翅膀掠过窗前，也许
竹的梦便被惊醒
月色阑珊，如霜
是夜空的眼

日子比思想跑得更快
瘦了的不单单是思念

今夜
你在我的思念里入眠，我
又会在谁的梦里
不期而至

读一朵花的心事

思念之蕾
发一缕清香
唤醒春光
脚步踩着和风
于曲折里寻觅幽静
墙壁的背影
被蔷薇花香浸透
枝蔓，写进宋词的风韵
蝴蝶的目光探过风的肩膀
读蔷薇捧出的心事

情书

一封信
给你
一笺小诗
发你
一腔思念
为你
一千次的思恋
你的笑靥
根植在我生命里
对你的爱
有时挂在弯弯的柳叶上
有时又躲进两汪深潭里

晚安

月亮是枚胸针
别在夜的心口
星星是夜的眼睛
透过窗棂
看着不眠之人
思念骤浓
在你我道过晚安之后

梅

把爱一笔一画刻在横斜的枝丫
冬，悄悄地做起嫁裳
等飞雪抬着喜庆的花轿迎娶
爆竹声声
举一杯屠苏酒，贺喜
风的手掀开梅花的盖头
唢呐嘀嘀嗒嗒
一朵朵羞涩在冬的怀抱里绽放

兰

我的前世定是位佳人
怀抱着冷艳
身着绿色的衣裙
口含淡淡的香
当你走近轻嗅
你可感觉到我的心跳
若你悄悄离开
请收紧衣袖
你的袖口已装满我爱的誓言和
别离的清愁

你是佛，爱是禅

或许是经历了太多的苦难
我今生仍将你苦苦依恋
面对着黄卷青灯泪流满面
你是佛，爱是禅

岁月在指缝中静静流淌了五百年
五百年轮回里我对你不停地轻轻呼唤
尘封的经书被我翻了一遍又一遍
每一页经文里都写满了
你是佛，爱如禅

千年古刹历尽了沧桑
不变的是你在我梦中的容颜
月明林下可有你翩翩的舞影
爱如禅，你是佛

不知还要让岁月流过多少年
土黄色的袈裟是否能装得下太多苦难
盘坐在蒲团上我闭目默念
亲爱的！你是佛，爱是禅

竹

带着一去不复返的决绝
追着你远去的萧萧风雨
娥皇女英
哭干了眼泪
滴滴血化作红豆
数不尽的相思
移植在竹的枝干上
世上便有了湘妃竹

寂寞的日子
伐一棵竹子做笛
一曲忠贞从笛子里
呜呜咽咽地淌出
世人多少心事

倚竹而望
谁从远古款款走来
勾起满腹心酸

菊

总有种仗剑天涯的豪情

披一身花瓣制作的铠甲

行走

飒飒西风，萧萧烈马

隔着时空我同你对话

你呼吸均匀

抖落一地黄沙

旌旗招展

血与火

泪水与苦难

浸透魂骨

将军老矣

不如用时光酿酒

把多余的色彩交付秋风发酵

怀揣幽幽暗香

为一双眼睛，为一颗心灵而盛开

哪怕零落

也没有丝毫遗憾

根还活在泥土里，下一个秋天

菊花，还会在秋天的路口

等你一声呼唤

菊花，我看你一眼就走

我来了
离你如此近
聆听着你的呼吸
琴音袅袅
在东篱下

南山
不过是你置于案头的
风景
一袭蓝袍
遮你消瘦
只有酒才可解忧
一樽清淡
祭在花下
我亦泪如雨下

看你一眼就走
今生足矣
重阳风雨后
一朵菊花
别在我的胸口

眺望

默默地站着
把肉身站成一尊望夫石
痴痴地眺望
你孤帆远影的方向
目光里坐着锦绣山河
屹立千年
相思漫过塑像
海天相连
双眸潮落潮涨

远方

既然要远行
就事先把路程别在腰上
最美的风景总在远方
无须踮起脚
苦苦眺望

背篼里装满梦想
你说
翻过这山，越过那海
就是你要到达的地方
那里不是苏杭
却是人间天堂

站台

医院的走廊里

我焦急地等待

当你一声啼哭

来到人世间

我忍不住泪流满面

孩子

隔着育婴室的玻璃门

我迎接着你

为这幸福的时刻

我早早地等在了

你生命必经的站台

思念

一

折叠起所有的尘念
我把佛前的蜡烛一根根点燃
我注视佛，佛也注视着我
采秋菊烹茶
珍藏梅花的幽香
燕子南去又北归
池塘上蜻蜓敲击着水面
在我忧郁的目光里
你一笑嫣然
从此
感情在木鱼声里打坐
我枕着相思入眠

二

撇去所有困苦
我把佛前的蜡烛一根根点燃
无限虔诚
把自己安放在佛的视线里
一年又一年

清风翻阅经卷
木鱼凝重而深沉的声音
如子夜的琴音
安顿我生命的无限惆怅

又是桂花开

桂花树
摇曳在月亮臂弯
风的脚步蹒跚
品味满树的香

寂寞广寒
端坐在万家灯火之上
来吧，明月
请接受我的邀请
今夜，举起手中的酒杯
酩酊大醉
拥抱团圆的时刻

相思成灾

忘记了什么是思念
记不清你我一别多少年
岁月沧桑
不知道是否已暗淡了梦中的容颜
红墙外落叶飘飘
落叶飘飘，拂了一身还满
时光的灰尘迷了我的双眼
古道旁，小亭边
不知为谁望眼欲穿
窗前的梨花落了又开，开了又落
思念是我翻开合上
合上翻开的经卷

蔡邕

纸张已发黄
一个个文字却还活着
它们用走过的时光对峙
我眼睛里投下的光亮

此刻
雨打着窗棂
风在呜咽
只一杯酒就灌醉了辞赋
飞白体写出的是
一辈子小心翼翼

眼眸深邃
文字的撇捺支起跌宕人生

流放的标签
贴满须发
一声叹息
为生命画上句号

历史

无法绕过强者弯刀上的寒光
野蛮的铁蹄将文明践踏

一把琴，弹断斜晖
谁叹息着，在史书里踱步

深夜
我拿起一本书
读你
在苍茫夜空
寻那颗璀璨的星

祈求

曾在佛前为你苦苦祈求
也许在五百年前的时候
我曾将泪水抛洒
化为阶前的一颗红豆
莫非
你就是那颗剔透晶莹的红豆
令我今生今世痴痴寻求
为你诵上一段经文吧
泪眼婆娑

你可看出我满腹的忧愁
岁月是历尽人间沧桑的树啊
一圈圈的年轮上
刻满了我对你深深的挽留
寺院的钟声又敲响了

沧桑，空蒙，又悠悠
在悠远的钟声里
我仍在佛前苦苦祈求
不求来世
只求今生
与你能够就这样厮守

穿心而过的河

掬一捧清溪水
把青春漂洗
深深浅浅的感情
像一尾鱼
在年华里游弋
经常有小脾气
掀起日子里的波澜
有时比河面还宽
有时比暴雨狂野
不走眉间
偏偏穿心而过

风吹花儿开

花蕾在岁月里等风
等风捎来
春的消息
而我在岁月里等你
等你明白
我的情意
微风划开层层水波
花朵轻轻说出藏在
心底的秘密
我悄悄打开你的心扉
眼眸透露似乎
难猜却易懂的谜语

在秋天，我想写一封信给你

时光的触角从迎春花瓣探出
到携着满山红叶
去赶一场菊花盛会
而年轻的身影
从一个城市漂泊到另一个城市
梦想也随着迁移
此时，秋风拍打着如水的心事
在他乡的霓虹灯里
又增添了几分凉意
好想，写封信给你
告诉你风雨如晦的日子
我心中温柔的角落里
有你，便生有无限的暖意

放下

当我老了
就陪你弹弹古筝
练练绘画
在夕阳里
拾起最美好的年华

当我老了
就带你回乡下
夜雨春韭肥
茅舍围篱笆
我一身蓑衣烟雨中耕田
你拢拢鬓角白发侍候鸡鸭
脱掉征衣换布衣
这世间该来的总会来
该去的终将会去
深谙了因果关系
灵魂什么都能放下

和谐

大雁背着夕阳远游
将柿子树上的叶子一片片点燃
虚怀若谷的秋风
梳理芦苇的白发
炊烟在清香的饭菜里飘散
九月
菊花一如去年
东篱开遍
猫咪依偎在腿边打盹儿
老伴儿拧着腰身
烫一壶老酒
就一口流霞
和旧时光对酌
美好的往事，是特制的钥匙
总能打开我体内的无限惆怅

心

装在心里的人
眼睛里也会透着他的气息
看谁都像他
那么多情，那么神秘
亲爱的，让我们互相凝视
沿着发丝向彼此心灵走去

花开时，我去看你

从梅花处借来胭脂
从梨花处借来瑞雪
也要从油菜花那里借来金色的太阳
风还在沉睡
我却用心在丈量归程

脚步匆匆
花开时，我去看你
不要等风的消息
不要等雨的话语
我要及时赶到
我不想误了花期
不想错过你

亡羊补牢

带着微笑
你离去如同你走来
决绝的神态
刀一样悬在
我的心上

哀莫大于心死
哪怕再高明的工匠
也不可能
把美玉的裂痕修复得完好如初
冬天就要来了，我想
是该把日子圈起来
并且修缮破旧的篱笆

想和你在一起

总想和你在一起
我如青藤攀伏在你的小轩窗
我如绿叶托举着你花蕊的芳香

在这千变万化的世界
山怎样变成沼泽
海如何变成桑田
夜莺为谁哑了歌喉
我不会去在意
我只在意你
我只想把爱写在云里
把心揿进你的世界里
和你在一起，朝朝暮暮
同迎日出日落
共赏雾霭云霓

暗恋

四年的伞
把风雨挡在身外
只把情思留在心间

巷子悠长
熟悉的脚步飘然而过
偷偷观望
爱，从光阴里出逃

担心

雨在窗外哭泣
一个人的夜晚
寂寞膨胀
泪眼迷离

风在屋顶凄厉
一杯清茶变凉
端起放下
饮着叹息

刚刚和夏天擦肩而过
秋叶就落了一地
贴紧泥土
秋虫听风听雨

担心你的小心脏
化不开小脾气
愿我变作你床头的灯
醒时、梦时都看着你

我的初恋

一丝甜蜜氤氲在梦里
偷偷把你的一嗔一笑品尝
总是莫名其妙
念着你的名字
有时
羞涩染红脸颊
这爱，无言
让我忧虑，让我欢喜
只是不知道那段时光
我可曾出现在你的梦里

钥匙

一丝寒冷穿过脊背

露珠躺在叶面上裹紧风衣

突然一声犬吠

打破夜的安静

梦中人，惊醒

悄悄收拾行囊

在黎明前

要让灵魂出发

把往事锁进故乡每一座旧院落

而足音就是钥匙

无论在哪

走起来都会叮当作响

最美的相遇

等你，在菩提树下
檀香袅袅，梵音低唱
如果有轮回，定是你
五百年前的一次回眸
换我今生最美的相遇

聚还是别，满眼身影都幻化作你
一池萍碎，木鱼轻敲
默念着你的名字
你是我今生最美的相遇

想将你拥在怀里，地老天荒
鼻子吸吮着你的气息
一刹，永恒；永恒，一刹
我虔诚地把佛前的蜡烛一根根点燃
你是佛赐我今生最美的相遇

一颦一笑，便是倾城
访遍名刹，拜尽佛祖

愿一千个轮回里

每一次的轮回你都是我最美的相遇

渡口

仰望银河
不过是一条窄窄的玉带
深锁云房的织女
用彩霞编织着寂寞

人间欢乐牵绊住一颗心
从此无怨无悔
和牵牛星遥遥相望
永远
守在相思渡口

城

一脚跌进来
走进婚姻的城
心也在这里筑巢
连同我的肉体

用温情修补时间侵蚀的城墙
让温馨溢满城池
时时巡视
一个垛口又一个垛口

像鸟儿一样
把爱打理
经营好自己
连同一个你

摘月亮

据说今晚能见到八十六年才得一遇的
视觉上最大的月亮，我坐等月圆中天，摘
下来，送给你

想把明月摘下来
夹进写着情诗的书页
邮寄给你
把最动人的童话镌刻在月亮的发丝

我不是李白
也不是王建
不会在红叶上抒发心情
也写不出千古诗句
一轮明月
素洁
我摘下，只送你

当我路过月亮的时候

将夜色揉进酒杯
再添进悲欢离合，一起发酵
邀月，来一次痛快淋漓的对酌
用一杯酒
漂洗着岁月

月辉轻浅
从夜色里掠过
漫过窗棂
落在酒里
起身的相思
惊起枝头沉睡的乌鹊

云朵赶路
你却禅坐心头
当我经过月亮的时候
生命被一缕柔光牵绊

邂逅

是谁在预谋一场邂逅
为你等待几许轮回
一把油纸伞
撑起缘分天空
凄美的传说
演绎在侧卧的断桥
水漫过金山
惊涛拍打世人的心岸
一杯雄黄酒
醉了几代人的梦
如今只有雷峰残照
断桥依然

第四辑　春风度

羽毛蓬松
微闭着眼睛
似酣睡的婴儿
在爱里打盹
打开天地的铺盖卷儿
圈养绝伦的美梦

一道闪电
划过眸子
羽翼被搭上弓弦
瞬间击向田间

鹰隼，你的利爪之下
城狐社鼠
将无处藏身

鹰

羽毛蓬松
微闭着眼睛
似酣睡的婴儿
在爱里打盹
打开天地的铺盖卷儿
圈养绝伦的美梦

一道闪电
划过眸子
羽翼被搭上弓弦
瞬间击向田间

鹰隼，你的利爪之下
城狐社鼠
将无处藏身

生活

鸥鹚在放肆地狂笑
在宽阔平坦的路上
很多人却永远找不到回家的路

藤蔓和荆棘
喊不出名字的鸟
甚至有蛇和刺猬
在暗自收取过路钱

晃晃荡荡的世界
迷路的冰雪
在枯草上飞旋
寒冷直达生活的顶端

失意者
需要借万顷东风
吹绿行走的塞外和江南

听雨

秋天的雨，淅淅沥沥
目光透过窗棂
穿过屋檐下摇曳的竹
弥漫在悠长的巷子里
弹一曲箜篌，相和
把一天心事揉进雨声里

独自坐在时光的角落
一本书
一杯茶
一串数了又数的念珠

你可肯陪我共饮
关上门窗
秋雨在门外徘徊
远离喧闹红尘
只有你、我和茶
不关心日月
共饮相思这杯清茗
袅袅娜娜
幽香弥漫在这无际秋雨里

人生
恰如一杯茶的时光
我在这一杯茶的时光等你

问花

向岁月借一段韶光
生命是一场孤独的旅行
匆匆行走中
在为谁精心修炼
心灵散发着幽香
穿越季节的轮回
问花，你为谁舒展芳容
谁又把你放在心上
啜饮风光的蜜蜂
醉卧花蕊的蝴蝶
用雨丝织网
能打捞几多相思
东风不解意
翩然，一地落红

春风度

一

在桃花、梨花上播种希望
用指头扣响季节的门环
鸟鸣染绿河水的肌骨

一箭之地
枯茅和嫩草有着同样的纹理
绿色拔高，再拔高
到了佛塔一样的高度

俯瞰苍穹下的世态炎凉
此刻谁的玉手
在反弹着琵琶

二

风，不请自来
抽出柳树的枝条
也把太阳的肋骨抽走一半
在火与雨里玩着跨界

众神不语
用信念塑成千里马
在大山和平原上驰骋
嘚嘚的蹄声
就是动听的音符

三

青草的香
混合泥土的味道
铺展开来
小小地球，小小世界
都在宇宙子宫里
重新发育

四

我的楼阁装满远方人的梦
岁月匆匆的脚步
诉说归期

每天煮茶
都会多出一份
为你

雪

总是追随着冬
如约而至
天空撒下万朵白菊
插满冬的头发
雪给万物穿上素衫

冬风碾过的痕迹
露出四野雪白的牙齿
雪花开时，梅花开
点燃一腔祈盼
风掏出心事
向春天投露着无限芳华
穿行在这黑与白的世界里

在凛冽中

我们不期而遇
你的微笑
衬托得整个冬天愈加寒冷

冬风引路
白雪的马蹄踏过烟火
把黑色的眼睛挂在灰蒙蒙的云头
凝视这白玉般的乾坤
和车轮碾轧过的污痕

穿行在这黑与白的世界里
我去觅怒放的梅花
以情怀点燃满腔祈盼
看雪掏出心事
向浩荡的春天表白

虞美人

总是行走在东风里
把春天打扮得无比娇艳
俯视着你
就像俯视美人唇上涂抹的胭脂
回首处
瞥见你如水的温柔
相顾
有一丝颤痛顿时爬上心头
你的芳名
诠释着红尘中的惊艳
循着历史的光束看去
依稀舞影
妙曼了两千年
忠贞在时光的河里打坐
卷进兴亡的旋涡
一抹殷红
暗淡了楚汉的光芒
夕阳里碧波涌动
两千年的心痛
凝成孤傲的火焰
在花朵里涅槃重生
年年春风
吹醒沉睡的容颜

三十五片落叶

时光的鳞片擦过流年
风雨中
一片片叶子次第落下

直起腰
端起一杯流霞
夕阳
在眸子里燃烧

校园的风吹过那棵银杏树
揭开了离人的伤疤
当年飞向蓝天的鸟儿
托白云捎来思念

毕业时叠的千纸鹤
不曾打开翅羽
一切都没有飞出记忆

时光偷偷溜走
在我的生命树上
悄悄摘走三十五片叶子

面具

穿越茫茫人海
我们在网络里相遇
鲜衣怒马
畅所欲言
心不再是上古的虫子
被树脂风化成琥珀
每到这时
我感觉轻松自如
打开了桎梏身心的枷锁
卸下了生活中的
所有面具

时光

一

我在经文里打坐
任窗外莺飞草长
燕尾才掠过春的额头
时光又把秋驮在背上
清风吹月影
寺院的钟声古老悠扬
时光不老，可叹
我已鬓染秋霜
回首过往，听时间的深处
谁在轻轻呼唤我的乳名？

二

时光就是一杯白开水
加进一把糖
一勺盐
再倒入一壶山西老陈醋
在平平淡淡的日子里
饮一口
便尝尽了人世间的味道

港湾

蟋蟀鼓瑟而歌
浅风在和夜缠绵
月亮捧出桂花的香味
混杂于盛开的梨花中间
梨院融月
我把思绪收在经书的扉页
檀香丛里
古筝不语
清风翻开经卷
每一字都是我心的港湾

信任

小船漂浮在黑漆漆的海上
夜鸥贪婪
享受血肉的供奉
猫和老鼠在窃窃私语
黑白颠倒
丑陋立于美丽之上
立木为信的商鞅
功绩挂满历史的大小枝蔓
磷火一直在追随
冷风的身影
是谁，打开了潘多拉的盒子
天空里飘浮着丑恶谎言、猜忌……
而关在盒子里的
恰恰是信任

最后一片树叶

石头与石头敲出星星
木头与木头钻出太阳
树叶围在腰间
当篝火在山洞里燃起
文明就从冰冻里融化
圈养的牛羊分娩
桑麻在田里私语
骨针穿过兽皮和麻布
抵御寒冷，遮挡羞涩
当最后一片树叶
从身上脱下来
人和猿就有了区别

思想划过天空
目光也长出翅膀
自然而落的叶子
在历史的长河里打了个转
飘向远方

光

新月西坠
星星
装饰梦中人的夜空
故园的老歌
依然在耳旁回旋
村头的老柳树
枕着我的乳名入眠
记忆中的老房子
擎着一盏灯
像母亲的目光
透露着深深的慈爱

美人鱼

贝壳是大海的耳朵

千百年来

倾听着海风带来的传说

海上生明月

礁石上是谁还在唱着凄美的歌

每当太阳从海面走过

潮水有信

消了又涨，涨了又落

沧海桑田

你伤心的眼泪

化作一粒粒珍珠

怎奈君心难托

党的生日

南湖
是世界上最大的产床
一个新的"生命"
诞生在风雨如晦的日子
她的诞生
给苦难的祖国
带来亘古的曙光
今天
水面上的每艘游船都应该纪念
那个特殊的日子
苦难中站起的新中国
雄立东方
飘扬在祖国上空的每一面旗帜
都是你扬起的风帆

化妆

薄施胭脂
轻涂油彩
把蓬松的头发高高绾起
整理衣冠，舒展水袖
一声咿呀
把历史人物重新演绎

和亲的昭君
幽怨的琵琶声穿越边塞
巫江水寒
一抹殷红，飞溅在剑影里
…………
残妆卸去
固守我的纯真
放飞你的清新
风卷残云，日夜更替
舞台下你是卸掉浓妆的演员
生活中我是没有化妆的戏子

凉

落叶为夏悄悄地画上了句号
炎热嫣然一笑
悄悄退却
乘坐着乡愁星夜赶路
一件件棉衣
在季节的手上划过
眼睛里起了雾
西风渐紧
却有暖意在心头升温
氤氲

老酒

——读史
断戟残镞
在博物馆里打坐
王侯将相
被时光封存在历史的册页
斟一杯秦汉清风
饮一口唐宋明月

铁马冰河
大漠孤烟
把风云放进甑里
用时光作曲
氤氲升腾
酿成一壶老酒
开坛
竟殷红如血

讲台

穿过漫长的寒冬
炙热的情怀
渲染枝头那一抹鹅黄
用青春点燃火炬
把心灵的黑夜照亮
穿过唐诗宋词
明清华章
把万有引力，平方立方
折叠收藏
岁月漂白了双鬓
三尺讲台
春华秋实，寒来暑往

黑夜有无数只眼睛

子弹擦出的火花

融进夜色

惶恐中

已经没有哭泣

尸体是秃鹰

享受的供品

入侵者的笑声

掩盖了叙利亚上空的太阳

疼痛

战栗在天空下

黑夜里无数只眼睛

渴望着黎明

天空

白云上搭起庙堂
引众神居住
仰望天空
便看见参拜者的脚印

谁在拨云弄月
耕耘人间黑夜白昼
众生芸芸
谁在导演缘散缘聚
把红绳暗系

孤寂时
真想向后羿借来长弓
把天空射穿
人间再无苦难
让一张张笑脸迎向
无垠的蔚蓝

高粱熟了

深秋的田野提着一壶陈酿
走过丰满的土地
闻一闻酒香
高粱便醉红了脸

下一个路口

秋奔跑着
跨过落叶的障碍
把接力棒递到冬天的手里
冬风解开拴在云朵上的马匹
向下一个路口疾驰
因为，春天的使者
捧着五谷的种子
唤醒冬眠的生物
早就等候在春天的细雨里

听风

采一把风的歌声
烹煮岁月
青涩的味道
在日子里升腾
白云游动
水色裙裾把青春漂洗
两鬓在下雪，一场赛过一场
多少无奈
枕着荷花的手臂起伏
岁月荡起双桨
划向水的深处
一腔心事，悬风中
壶弯下身
与杯盏低语

野草

野草的种子
播撒在一颗心上
荒芜的激情
沉浸于报纸的一角

月光在酒杯里
沉浸了若干年
听一曲新词作为消遣
入水的饵
是挂在鱼钩上的太阳
年轮踱着方步行走
守候的人
多想让普罗米修斯再一次偷来炼心的野火
把杂念烧掉
让青春依然飘扬

翅膀

生命的初始
你我都是海洋中游动的始祖鱼
匍匐
不是我的性格
苍穹
才是我的归宿
渴望搏击云天
拒绝平淡的生活
在漫长的生命进行曲中
几经涅槃
浴火重生
在你依然为鱼的时候
我已羽翼丰满
展翅划过黎明前的黑暗

希望

把希望搭在弓弦上
将黑暗射个洞
内心就会绽放一片光明

种菩提

捧一本心经
在木鱼声中默诵
修心，在红尘之中
向佛借一抔净土
把信念种下
用良知、平和、谦恭
去喂养灵魂

用一小撮绿荫
抚慰骄阳的狂躁
三生石畔，我鞠躬施礼
低声对佛倾诉心中的秘密
佛不语
只在嘴角弯起一泓浅笑
若是能够
愿我拥有永久的慈爱
以佛的沉默，佛的豁达
把菩提籽种下
在世间某个角落
为歇脚的路人撑起
绿荫的大伞

附

听雨斋三记

康沟蜿蜒若龙，南去而东折，环丘抱岗。丘峦起伏如虎踞，丘上有庙，曰康墙寺。一河之隔，与寺遥相望者，听雨斋也。

斋三室二楹，傍堤而筑，上覆以土，酸枣刺槐生其上。内尤整洁，一茶台，一几，书卷数本而已。斋旁方塘二亩许，水尤清冽，鱼若空游无所依；禽鸟飞来，临水梳洗，呼朋引伴，啄草饮水，若无人焉。

斋前广植梨焉，春来芳华灼灼，远望青云素锦。嘤嘤嗡嗡，蜂蝶聚也；啾啾脆鸣，黄鹂来也。人卧其下，落英缤纷，拂一身清香，春将暮也。

听雨斋记

　　康沟蜿蜒若龙，南去而东折，环丘抱岗。丘峦起伏如虎踞，丘上有庙，曰康墙寺。一河之隔，与寺遥相望者，听雨斋也。

　　斋三室二楹，傍堤而筑，上覆以土，酸枣刺槐生其上。内尤整洁，一茶台，一几，书数卷而已。

　　斋旁方塘二亩许，水尤清冽，鱼若空游无所依；禽鸟飞来，临水梳洗，呼朋引伴，啄草饮水，若无人焉。

　　斋前植梨，春来芳华灼灼，远望青云素锦。嘤嘤嗡嗡，蜂蝶聚也；啾啾脆鸣，黄鹂来也。人卧其下，落英缤纷，拂一身清香，春将暮也。

　　忽雅客至，深泉之水，紫砂之杯。坦坦然，趺坐。钟声悠扬，心神为之颤。品茗而非茗也，心也，情也，禅也，道也。听雨主人醉矣。

　　今人者，多为金钱所役也。蝇营狗苟，而失天赐之性，劳碌愁苦，却迷身外之物。饕餮之徒，食不尽而食不止也。一杯茶，一箪食，一经书，困则梨花为伴，醒则经书自乐。人不闻其境吾独修其心！呜呼，天下能静心吃茶者几？

　　夜静更阑也。听春雨若古筝之绵缠，听夏雨似万马之奔腾，听秋雨如洞箫之低诉。叹人生之苦短，惜春花之秋实。或坐焉，或躺焉，或踱步焉，或吟哦焉，或啜茗焉……雨之至也，情之生焉。听雨于斗室，岂不快哉？作《听雨斋记》以记之。

乙未年正月

康墙寺吃茶记

余事多繁，不得闲久矣。适秋夕之隙，金风徐来，云淡风轻。

忽兴至，出小斋，度康沟，登冈峦，施施而行，漫漫而游。其径蜿蜒若蛇。途多老柏，刺槐野枣杂其间。鸟鸣啾啾，闻其声而不知所匿；蛩声悠悠，听其歌而不知所藏。有老树虬枝横斜，日映沙滩若画，天地之神笔也。

登丘极处，远眺阡陌如织，熙熙攘攘，农人忙也。

沿阶而下，绿树竹影，有寺兀然，康墙寺也。寺有僧一，向与余熟。见余至，指蒲团，示以坐。起身，净手。洗具，烹水而待。时竹影摇曳，丹桂之香细如丝缕，几不可闻焉。柿叶丹红若枫，雀声婉转，鸣于枝头，水声嘶嘶，盈耳不绝，院幽人静，看天边云卷云舒，心如清水；听庭中花开花落，丹似静荷。斯时也，宠辱皆忘，不知己之所存，顿失天地岁月，功利之心无可复矣。

少顷，水沸。注水于皿，嫩叶舒展，起伏不定，盈眼碧色，赏心悦目者，久藏之雨前也。香气袅袅，蒸腾而盘旋于杯上。幻也，梦也。未饮人已醉矣。微嗅之，通体舒泰。轻啜之，口津生香，此笔墨不可言及也。茶尽兴处，魂灵已离俗尘凡骨，飘然欲仙也。松衣解带，免冠倾身，意甚惬也。忽问僧：茶为何？僧曰：茶者，禅也。及又问：禅为何？僧曰：难得浮生半日闲也。相视而笑，复不言也。

烹茶者谁？寺之僧延善也，作记者谁？听雨斋主人也。

垂钓记

日常碌碌，疲于奔命，不堪者久矣。素慕陶潜之逸情，且喜田园之乐趣。

秋之余，劳之隙，闲之时。友者三四人，从者二三人，握竿定坐，垂钓于听雨池畔也。

池小而深邃，水绿而鱼肥。岸有碧竹斜柳，鸟声百啭；老藤青蔓，参差披拂。禅刹相去不远，钟磬之声微闻。几疑抱石之水墨图也。且去村甚远，其地僻也，其景幽也，其意弛也。

岿然不动，影于水上，疑似老僧入定者，钓者醉也，引颈立足，瞠目结舌，饵动而雀跃者，从者乐也。

余素喜幽静，独处一隅，清风徐来，水波不兴。余端坐，凝神屏气，不动则久矣。有雀鸟飞来，去余二尺许，饮水啄草，无视余之所存焉。

忽浮沉，擎之。摇头摆尾，终不能脱者，鱼也。余取之，视之良久，复放于水，鱼去而縠纹平也。如此再三，友多疑而不解。

时而夕阳在山，流霞似锦，众人相呼以归。友皆有所得，独余无所获也。一笑。余知友钓之乐，友独不知余之乐也。昔者姜尚之钓在其志，庄周之钓在其趣，严之陵之钓，在其达也。今余之钓者，心也，情也，秋色也……实获多矣。

归而著文，心旷神怡者倍矣。时壬未年秋月。